CE QU'ON A DIT,

CE QU'ON A VOULU DIRE.

LETTRE

A MADAME

FOLIO.

C

LETTRE

A MADAME

FOLIO,

Marchande de Brochures dans la Place
du vieux Louvre.

M ADAME,

Car c'est à vous que je veux écrire en dépit de
l'usage qui ne permet plus à nos Beaux Esprits
d'adresser leurs Lettres qu'à des Dames*** Etres
imaginaires, qu'ils ont établi leurs Juges sur tous
les points de Littérature. Pour vous, Madame,
vous existez réellement. J'en prend à témoins ces
siéges antiques qui gémissent sous le poids de votre corps ; cet antre obscur, où, semblable à la
Sybille, vous distribuez sur des Feuilles legeres,

les Réponses de tant d'Oracles Modernes ; ces
Ministres subalternes chargés de votre part de
les répandre dans tous les quartiers de Paris, enfin ces Ecrivains affamés qui viennent régulie-
rement chaque semaine recevoir à votre Bureau
le salaire de l'ennui qu'ils nous ont causé. A
cette existence que je crois avoir démontrée, on
peut joindre la protection singuliere que vous ac-
cordez aux Lettres ; eloge si souvent prodigué,
& que personne ne mérite plus que Vous. En
effet, sans vos soins généreux, combien d'Auteurs seroient réduits à passer tristement leur vie
dans un Caffé, où ils étourdiroient les Nouvel-
listes de leurs déclamatious continuelles contre
le goût du Siécle, contre la frivolité de la Nation, & surtout ils se plaindroient, Madame
FOLIO, du peu de cas qu'on fait de leurs ta-
lens. En faudroit-il davantage pour être digne
d'une Dédicace ? Celle-ci sera sans doute la
premiere & la derniere qu'on vous adressera.
Daignez la recevoir favorablement & puisse-
t'elle vous faire autant d'honneur qu'à moi.

CE QU'ON A DIT,
CE QU'ON A VOULU DIRE.

JE réponds, Madame, à une queſtion que vous n'avez pas faite, & je préviens des déſirs que vous ne m'avez pas témoignés. Je ſuppoſe que vous n'êtes point aſſez inſtruite de la fameuſe diſpute qui agite tout Paris, & je vous en dirai mon ſentiment avec cette liberté Philoſophique qui cenſure tout, qui ne ménage rien, & qui, ſatisfaite de ſon propre ſuffrage, mépriſe celui de *l'Imbécile* Public. Je vais donc vous expoſer d'abord ce qu'on a dit, & enſuite ce qu'on a voulu dire.

CE QU'ON A DIT.

Le premier Ouvrage qui a paru ſur les Bouffons, eſt une *Lettre à une Dame d'un certain âge*, où l'on prouve que la Muſique Italienne eſt bonne, parce que notre Orcheſtre eſt mauvais.

Le petit Prophête de Prague a annoncé à toute la terre avec un cornet d'Allemagne, que la Muſique Italienne devoit avoir la ſupériorité ſur la nôtre, parce que la Nation Françoife étoit imbécille, parce qu'elle n'avoit ni goût, ni oreilles, ni fentiment ; parce que l'Opéra prenoit le titre d'Académie de Mufique, quoique ce n'en fût pas une ; parce qu'on y jettoit des cordes au milieu du Théâtre & qu'on y battoit la mefure trop fortement ; parce qu'enfin Rameau & les Auteurs Encyclopediftes font des grands hommes.

Un Auteur Dramatique a crû devoir prendre la défenfe de notre Mufique, & il a dit, qu'elle l'emportoit fur l'Italienne ; parce que la Nation Françoife étoit la plus forte de toutes les Nations ; parce qu'elle n'avoit ni efprit, ni bon fens, ni folidité ; parce que les Anglois & les Allemands qui aiment la Mufique Italienne, étoient plus raifonnables que nous ; parce que les François fçavoient l'art de gâter les ariettes Italiennes en les chantant ; parce que les grimaces & les contorfions ridicules d'une petite Actrice pouvoient faire rire le Parterre ; parce qu'on avoit bien nommé cette Comédie *la Frivolité*.

Un autre Auteur a prouvé dans une *réponfe du coin du Roi au coin de la Reine*, qui ne lui avoit point écrit, que nous avions tort d'applaudir aux Bouffons, puifque les Fermiers Généraux fe donnent les airs de fe ruiner ; puifque les Allemands parlent Allemand ; puifque les Abbés fautent quelquefois par les fenêtres, parlent haut au Spectacle comme s'ils étoient à l'Eglise, & ne vont à l'Opéra que pour juger des jambes des Actrices.

Il est survenu ensuite un *Arrêt de l'Amphithéâtre* qui a prononcé que la Musique Italienne étoit bonne, car l'Auteur de la *réponse du coin du Roi* ignore les principes de la Langue Françoise, & *Titon & l'Aurore* n'est pas un Opéra du grand genre.

Le public dans *sa déclaration*, a déclaré qu'il ne décidoit rien sur la question présente.

Mais admirez, Madame, la noblesse de ce titre : *le Correcteur des Bouffons* indigné de leurs succès les a poursuivis le fouet à la main, & a voulu les chasser au-delà des Monts, parce que M. de la Place a eu tort de traduire le Théâtre Anglois ; parce qu'il a eu un plus grand tort encore de faire représenter une Tragédie ; parce que lui, correcteur des Bouffons, a donné jadis les étrivieres à ce M. de la Place, & à M. Marmontel ; parce que les terminaisons Italiennes sont presque toutes en *a, e, i, o, u*; parce que M. Rameau a gâté notre Musique, & qu'elle ne vaut plus rien ; parce qu'une Comédie nouvelle est tombée, & qu'un Opéra nouveau tombera aussi ; parce qu'il lui en conteroit à lui Correcteur dix écus, s'il alloit quinze fois à l'Opéra ; & enfin, parce que la Musique Italienne est bonne, & que nous n'en jouons pas d'autres dans nos Concerts.

Dans l'*Epître aux Bouffonnistes*, on a dit: (*a*) que le Ciel a voulu rire, que les Philosophes sont autrement affectés que les autres hommes; qu'il y a des Chats à la Foire, que (*b*) Mademoiselle Tonelli est un Castrat; d'où l'on conclut que la Musique Italienne est mauvaise.

On démontre cette même proposition dans les *Réflexions Lyriques*, par les raisons qui suivent: Tout le monde aime la Musique Italienne; Rameau & Mondonville ont adopté le goût Italien: dans le coin de la Reine où l'on applaudit tant aux Bouffons, il n'y a que des personnes d'Esprit, de goût & de génie; enfin quelques Ouvrages qui ont paru pour & contre sont bons ou mauvais; donc cette Musique Italienne est détestable.

Les Partisans de la Musique Françoise ont aussi suscité un Prophête en sa faveur. Ce Prophête a dit qu'*il ne réussissoit pas si bien en parlant aux autres, qu'en se parlant à lui-même*, & l'a très-bien prouvé. Il prédit ensuite que les Bouffons n'auront point de succès; parce qu'on ne veut plus de Tragédies, mais des Ballets; parce que M. Rameau a négligé le Récitatif & n'a composé que des

-----

(*a*) A l'Oracle de Prague on ne peut que souscrire
Hatant le Carnaval, *le Ciel a voulu rire.*
(*b*) Et parmi leurs Castrats ils ont leur Tonelli.

Concerto & des Ariettes; parce que la Foire
sera longue, & que Mademoiselle Raton est
une Actrice de l'Opéra Comique.

Cependant (*a*) un homme qui sçait deux
langues a élevé sa voix du milieu du Parterre, & après avoir imposé silence à l'un
& à l'autre parti, il a dit : Messieurs, cette
Scene d'Armide qui commence ainsi : *Plus
j'observe ces lieux & plus je les admire, &c.*
Et cette autre de Nitocris : *Solitudini amene,
ombre gradite qui per pochi momenti lusingate
pieosi, i miei tormenti &c.* sont, la premiere,
Françoise; la seconde, Italienne, & j'ai de-
viné cela tout seul. Ainsi il peut bien se faire
que la Musique Françoise l'emporte sur l'I-
talienne; ou que celle-ci soit préférable à
la premiere.

Le *Réformateur de l'Opéra*, prouve que
la Musique Italienne est mauvaise; en effet
pourquoi brûle-t'on du suif à l'Opéra & non
pas de la cire ? Pourquoi le bruit de la me-
sure interrompt-elle l'attention des Spectateurs ? Pourquoi enfin toutes nos Actrices &
tous nos Acteurs chantent-ils faux ?

L'Anti-Scurra appelle ses amis au secours
pour chasser à force de bras ces Histrions
d'Italie; car ils sont trop applaudis; car ils
ne jouent que des Piéces comiques; car s'ils
s'établissoient à l'Opéra, ils en chasseroient

______

(*a*) *Lettre au petit & au grand Prophete.*

les François ; car les Italiens font de grands
politiques.　-

L'Hiftorien de la *Guerre de l'Opéra*, a
dit : les Italiens font nos maîtres en fait de
Mufique. Nos Compofitions font maigres,
féches, comparées aux leurs. Il y a des dé-
fauts dans la conduite d'Artaxerce que
nous n'avons pas vû repréfenter. Nous
avons des Opéra bien foibles, & le dernier
de M. Mondonville ne mérite pas les ap-
plaudiffemens dont il jouit. De toutes ces
raifons il a conclu que nous ne devons point
adopter la Mufique Italienne.

Il nous eft venu auffi une *Lettre de l'autre
monde*, dans laquelle on condamne les Bouffons, parce que toutes les Brochures qui
ont paru contre eux ont été jugées détef-
tables & envoyées aux enfers pour être lacé-
rées & brûlées.

Le *Jugement de l'Orcheftre* n'a pas été fa-
vorable à la Mufique Italienne, à caufe que
les Auteurs Encyclopédiftes ont avancé une
maxime fauffe dans leurs Difcours Prélimi-
naire, & à caufe auffi que Titon & l'Aurore
a de grandes beautés.

Je ne vous parle point, Madame, de la
Lettre fur les Bouffons, & de l'*Apologie du
fublime bon mot*. Il y a peu de chofes à re-
prendre dans le premier Ouvrage qui eft
en faveur de la Mufique Italienne. J'avoue
à ma honte que je n'ai rien entendu au fublime galimatias du fecond.

Enfin , les Adverſaires des Bouffons ſe font tous réunis à dire qu'il falloit proſcrire leur Muſique , parce que rien n'eſt plus ridicule que de voir des Comédies quï font rire , & des Bouffons qui ſe permettent des lazzis , &c. &c. &c.

Vous voyez , Madame , que la queſtion a été très-bien décidée. Vous ſçavez actuellement laquelle des deux Muſiques doit avoir la préférence ; car je ne doute pas que vous n'ayez ſenti la ſolidité des raiſons qu'on vient de vous rapporter : ſi cependant il vous reſtoit encore quelque doute , vous pourriez examiner avec moi.

CE QU'ON A VOULU DIRE.

ON A VOULU DIRE.

LA Muſique Françoiſe a des beautés qui la rendent ſupérieure à la Muſique Italienne. C'eſt une Muſique de ſentiment. Elle peint les paſſions , & les inſpire. Nos airs ſont ſimples , naturels , faciles à chanter , & conformes au goût & au génie de la Nation. Les Italiens n'ont rien de comparable à la ſublimité de nos chœurs. Leurs Ariettes qu'on applaudit avec tant de fureur , nous paroiſſent toutes ſe reſſembler. Elles ne diffèrent peut-être des nôtres que parce que nous lions par des *coulés* inſenſibles & qu'ils

piquent & coupent toutes les notes. Le récitatif François est plus travaillé & plus
sçavant. Il s'accorde avec les paroles, & lie
naturellement les airs qui lui sont joints.
Celui des Italiens n'est qu'une déclamation
notée. Leurs Opera sont composés de piéces
de rapport. Il ressemblent à une conversa-
tion animée de plusieurs personnes qui seroient convenues de chanter successivement
une Chanson après le récit qu'ils avoient à
faire. Les points d'orgue n'ont rien d'agréable. Nos Opera flattent également nos oreilles & nos yeux. Les Dieux, les Fées, les
Devins en sont les principaux personnages.
Le pouvoir qu'on leur attribue de changer à
leur gré les objets de la nature, amene des
machines & des décorations brillantes. Les
Italiens se sont interdits cette ressource. Ils
ont exclud de leurs Piéces Liriques les rôles
à baguette, & ont par-là appauvri leur spectacle : il nous semble aussi contre la nature,
qu'un Héros en colére ou prêt de mourir,
s'amuse à badiner pendant un quart d'heure
sur une voyelle. Les Ariettes sont accablées,
pour ainsi dire, de Musique, & vuides de
paroles. Les Bouffons qui osent disputer la
victoire au premier Théâtre du monde, n'ont
que deux Acteurs. Les piéces qu'ils nous ont
données jusques à ce jour, sont de misérables
farces, sans intrigue & sans intérêt. D'ail-
leurs parmi les peuples policés de l'Europe,

on ne connoît que deux Muſiques, la Françoiſe & l'Italienne. Si nous adoptons cette
dernieres, nous perdrons la gloire d'en avoir
une à nous. Les Opera de Quinault, chef-
d'œuvres immortels qu'on n'a jamais pu imi-
ter, tomberont dans l'oubli. Pourquoi ache-
ter par le ſacrifice de ces précieuſes richeſſes,
le plaiſir paſſager d'entendre une Muſique
étrangere ? Nos compoſiteurs pour ſe plier
aux caprices de la Nation, s'exerceront dans
le même genre. Ils voudront allier les deux
goûts, & feront des monſtres, Mais lorſque
nos oreilles ſeront laſſes de cette harmonie
folle & badine, ils en chercheront une nouvelle, & ſeront obligés de recourir à des ac-
cords bizarres, à des ſons baroques qu'on
applaudira d'autant plus, qu'ils s'écarteront
de la belle nature, &c. &c. &c.

Les Italiens peuvent auſſi être fondés à
donner la préférence à leur Muſique ſur la
notre. Ils entendent beaucoup mieux que
nous la partie de la Simphonie. Ils ſont plus
féconds, plus riches en idées. Leur Muſique
eſt pleine d'images riantes. Nous n'y ſommes
point aſſez accoutumés pour ſentir la diffé-
rence qu'il y a dans les Ariettes. Ils en ont
de tous les caracteres. Celle de l'Echo vaut
elle ſeule un Acte de certains Opera François. Les compoſiteurs des deux Nations
cherchent encore l'art de nous attacher par
les récitatifs. Nous ſouhaitons avec impa-

tience être délivrés de l'ennui qu'ils nous causent. Celui des Italiens a peut-être le mérite d'être plus naturel. Leurs Opera ne sont point des ouvrages monstrueux, mais des Tragédies régulieres qu'on verroit jouer avec plaisir sans les agrémens de la Musique. Ils ont cru devoir fixer l'attention des spectateurs par l'intérêt de la piece, plutôt que par le secours des machines. Nous ne serons authorisés à porter un jugement sur l'effet que doivent produire leurs Drames Liriques, que lorsque nous en aurons vû représenter sur notre Théâtre. Les nouvelles publiques nous apprennent avec quelle magnificence on exécute dans les Cours Etrangeres les Opera de Metastase. Il est également contre la nature de charger une voyelle de 4 notes, ou de 10, de 20, de 30, &c. nous avons nos *gloires*, nos *victoires*, nos *coule*, *murmure*, *vole*, *guerre*, *tonnerre*, &c. sur lesquelles nos Musiciens ne manquent jamais de s'exercer. Dès que nous sommes convenus d'approuver un spectacle, *où jusqu'à je vous hais*, *tout se dit en chantant*; qu'importe qu'on chante un peu plus ou un peu moins, pourvu qu'on flatte agréablement nos oreilles. Le reproche qu'on fait aux Bouffons, on l'a fait à notre Académie de Musique; ils n'ont que deux Acteurs, mais si nous avons la complaisance de les encourager, ils en appelleront d'autres d'Italie, & ils seront en état de nous donner

des pieces plus intéreſſantes. Il faut que leur
Muſique ait de grandes beautés , puiſqu’ils
ont mérité nos applaudiſſemens malgré la
platitude de leurs intermedes , & la mauvaiſe
grace de la plûpart d’entr’eux. Nous pou-
vons nous raſſurer ſur la crainte de perdre
notre Muſique. On eſt en droit de prédire
qu’elle nous reſtera. Nos voiſins jaloux de
copier nos goûts, nos modes & même nos
ridicules , ne ſe ſont point encore aviſés de
nous l’enlever. Nous aurons toujours du
plaiſir à voir repréſenter les Opera de Lulli.
On les joue encore avec ſuccès , quoique
MM. Rameau & Mondonville ſe ſoient en-
tierement écartés du goût de cet Auteur. Les
efforts que nos compoſiteurs font & feront
pour ſe rapprocher des Italiens , ne peuvent
que produire un bon effet. Ils enleveront à
cette Muſique étrangere toutes ſes beautés
pour les approprier à la notre. Ce travail leur
a déja réuſſi dans les Simphonies, dans les
Motets , & dans les Opera nouveaux , &c.
&c. &c.

La Muſique Françoiſe eſt une beauté mâle
& réguliere qui nous en impoſe par ſa fierté
& par majeſté : la Muſique Italienne eſt une
conquette ruſée, qui folâtre, qui badine & qui
nous charme par toutes ſes gentilleſſes. La
premiere eſt une Muſique de réflexion , une
Muſique de Géometre ; l’autre eſt la Muſique d’un fol agréable , ou d’un homme
inſpiré.

Enfin , Madame , on a voulu conclure qu'on ne pouvoit pas les comparer l'une avec l'autre , qu'elles avoient chacune leur beautés particulieres , & que ce seroit diminuer nos plaisirs que d'en adopter une exclusivement à l'autre.

J'ai l'honneur d'être , &c.

P. S, Au reste , Madame , vous me joueriez un fort mauvais tour en montrant cette Lettre. Les Auteurs des Petits Ecrits seroient choqués avec raison de la critique que j'en ai faite. Elle auroit été moins sévere , si j'avois consulté des amis éclairés. Ils m'auroient averti que la plûpart de ces Brochures sont écrites avec beaucoup d'esprit , & qu'à travers des personnalités étrangeres au sujet , on y trouve des réflexions judicieuses & de fines plaisanteries. En conséquence ils m'auroient obligé de faire dans ma Lettre des changemens , sans doute nécessaires , mais qui auroient trop couté à mon amour propre. Je redoute la tyrannie des avis. Je n'écris que pour vous , pour moi & pour le petit nombre de Philosophes qui nous ressemblent.

www.ingramcontent.com/pod-product-compliance
Lightning Source LLC
LaVergne TN
LVHW010054060726
842524LV00006B/2200